* un petit livre d'argent *

CRIC ET CRAC EN GRANDE-BRETAGNE

Texte d'Emmanuelle Radiguer
Illustrations d'Ivan Gongalov

DEUX COQS D'OR

Cric et Crac sont les souris les plus voyageuses, les plus infatigables et les plus curieuses du monde !

Cette fois, elles découvrent l'Angleterre, la grande île juste de l'autre côté de la mer.

Mais la première impression n'est pas très bonne : à Londres, la capitale, un garde de la reine a posé son arme sur la queue de Crac.
« Ôtez votre pique de là, vous ne m'impressionnez pas ! » clame la souris, grise de rage.

Crac oublie vite ses malheurs. « C'est l'heure ! C'est l'heure ! » De quoi ? se demande la souris, surprise de voir surgir des touristes tout excités. De la relève de la Garde de Sa Majesté ! Les soldats arrivent au pas cadencé, très concentrés. Ils ne détournent même pas la tête lorsque Cric les interpelle :
« Un petit sourire ! Vous êtes filmés ! »

Après Londres, les amis visitent la ville de Cambridge et sa célèbre université ! Ils y font la connaissance d'une charmante souricette, le temps d'un pique-nique au bord de l'eau. Le repas s'achève avec des histoires de chauves-souris. C'est bien connu : les Anglais adorent les fantômes !

Souris des villes, souris des champs, Cric et Crac se sentent à l'aise partout, et par tous les temps ! Elles apprécient la beauté de la campagne et font connaissance avec de doux poneys.

À présent, direction l'Écosse ! Nos touristes visitent quelques châteaux hantés, puis partent assister à une partie de golf. Évidemment, c'est bien plus drôle lorsque Crac vole la balle.

« Hi ! hi ! couine la petite souris farceuse. Je déteste les trous sans gruyère ! »

Après avoir exploré le Nord du pays, les souris filent au Sud pour boucler leur tour d'Angleterre. Que la région de la Cornouailles est belle et vivante !

Les souris s'émerveillent devant une fête costumée. « Moi aussi, je veux chanter ! » clame Cric. Reste juste à prendre l'accent anglais…

Le voyage touche à sa fin, Cric et Crac se rendent sur les blanches falaises de Douvres pour prendre un bateau. Justement, en voici un qui leur passe sous le nez. Mais ça ne sert à rien de crier, il ne risque pas de s'arrêter pour de si drôles de passagers !

Il faut encore marcher jusqu'au port d'embarquement, où les souris prennent place à bord du prochain navire en partance pour la France.

Très vite, la côte française apparaît dans la brume. Tout excitée, Crac s'écrie :
« Le temps de trier mes photos, et je repars ! Tu me suis, Cric ? »